Temporadas

Una novela en 140 tweets

Stefan Antonmattei

Nota del Autor

Esta novela comenzó una noche en enero de 2013 después de ver a Charlie Rose en Bloomberg TV. Los invitados de la primera media hora eran los fundadores de Twitter, Evan Williams y Biz Stone (Jack Dorsey no estaba en el programa). La entrevista abordaba los temas de la amistad, la información, la literatura y la necesidad de tener tanto comunicación superficial como profunda. Una pregunta que no se contestó era si es del todo posible combinar formatos cortos con profundidad.

Desde los años de las salas de chat de AOL, y ahora Facebook y Twitter, siempre me quejé de la falta de profundidad en muchos de los contenidos de lo que se "postea". Sabía que el problema no estaba en la concisión: la poesía y la métrica japonesa del Haiku permiten profundidad en la brevedad... y el anhelo por la magia en las palabras, las imágenes, preguntas y quizás, las respuestas.

Había escrito tres libros: dos novelas y un libro de poesías y cuentos. Terminé mi última novela, "La chica de Estocolmo", unas semanas antes de ver el programa de televisión. En la novela utilicé cinco narradoras (cada una presenta su propia historia) – una técnica agotadora de crear cinco narrativas y voces de diálogo diferentes. Antes de esta novela, había comenzado a escribir otra y no podía sacarme las voces femeninas de la cabeza. Sabía que tenía que hacer algo más "divertido", como un relato en primera persona, de una sola voz, mejor aún si, como yo, el narrador era un hombre. Necesitaba reírme, quizás llorar un poco. Entonces, vi el programa de Charlie Rose.

Mi primera novela (escrita en 2003 y nunca publicada) tenía un capítulo sobre el "mantenimiento de registros", que son historias de personas a las que familiares, amigos y testigos pueden agregar información; una especie de autobiografía enyuntada con Wikipedia, Facebook y Twitter.

Comencé a escribir esa primera novela después de la muerte de mi amada madre, Odette. El día antes de su complicada cirugía, grabé una entrevista con ella. Inicié con preguntas sencillas –¿cuáles eran los nombres de sus padres, color preferido, canciones, momentos felices y tristes?–, seguidas por preguntas no tan simples como el lugar donde fui concebido y sobre historias familiares de las que no se habla. A pesar de adorar a mi madre, estaba claro que había muchos detalles de los cuales no sabía nada. Esa fue la génesis de las "autobiografías y mantenimiento de registros". El día después de la cirugía de mamá, ella tuvo un derrame cerebral severo y masivo. Nunca llegamos a concluir la entrevista.

De niño, Jack Dorsey, el creador y cofundador detrás de Twitter, estaba fascinado con la mensajería corta utilizada por las ambulancias y otro personal de emergencia – el carácter distintivo detrás de Twitter: "Tengo que decir algo". Tienes que decir algo.

La novela está escrita siguiendo el formato de un tweet: un recuerdo, un instante, una imagen, una entrada representada en 140 caracteres o menos (letras, comas, guiones incluidos). Esta "novela en tweets" no es un ejercicio sencillo de literatura, por lo menos, no para mí.

Y como dice el refrán "ten un hijo, planta un árbol y escribe un libro", les animo a todos a escribir uno. Quizás no se convertirá en uno de los más vendidos, pero familiares, amigos y colegas lo podrán disfrutar, apreciar y compartirlo. Muchos de los nombres aquí son reales, aunque como novela la historia es "ficción".

1963 – 1969
Alabama

1.

Mi primera memoria es de mi familia llegando a la casa de noche. A la izquierda un bosque y a la entrada de la puerta una luz amarilla brillaba sobre una serpiente muerta.

2.

Mi segunda memoria es de John-John castigado por ser un niño malo. Él tenía una casita en su árbol y me gritaba desde su ventana: ¡SSsTEAfan te veo ahí, bájate de mi árbol!

3.

Mi tercera memoria es de mi hermosa madre Odette en la cocina cerca de las ventanas.

Le pedí que fuera mi novia.

Ella intentó explicarme por qué no podía ser mi novia.

4.

Oí a mi hermana mayor decirle a mi hermana del medio que Santa Claus no existía.

Pregunté a mamá y respondió:

Cariño, si quieres que Santa exista, entonces existirá.

5.

La primera vez que mamá vio a Elvis en la TV se enamoró de él. Emocionada se fue a casa de nuestra vecina. Reprendiendo a mi madre le preguntó: ¿Has visto a ese pecador?

6.

La vecina hablaba con mamá pero poco con papá.
Verás, mamá era blanca y francesa pero mi papá es un
puertorriqueño oscurito. Para ellos, nosotros éramos:

F O U R e e N E ER S.

7.

Mi hermana mayor Yvonne Marie llegó a la casa llorando después de la escuela y no decía por qué.

Mamá estaba muy preocupada.

Entonces, Yvonne preguntó: ¿qué es ser negro?

8.

Nuestra vecina le contó a mamá de una memoria que tenía de su padre cazando… tú sabes… *esa gente.*

¿Esa gente?, preguntó mamá.

Negros, contestó.

Mamá por poco se cae de la silla.

9.

Viajamos desde AL hasta California en una camioneta Rambler. Recuerdo el desierto y perder mi sombrero mejicano mientras sacaba la cabeza por la ventana. Lloré.

10.

Tarde en la noche de regreso a AL, paramos en un motel cerca de la frontera del estado.

Papá regresó al auto furioso: "El parking está vacío y dicen no tener cuartos".

11.

Mamá le preguntó si había dicho que tenían un niño enfermo. Sí, contestó papá.

"Déjame a mí".

"Sí señora, tenemos muchas habitaciones disponibles", dijo el portero.

12.

Mi familia tenía un amigo de Puerto Rico. Era blanco de ojos azules y tenía las orejas grandes. No podía pronunciar su nombre, Belmonte, así que le llamé CunCun.

13.

Mi otro vecino Scott solía pegarme al jugar. Mamá se dio cuenta de los moretones y preguntó por qué no le pegaba de vuelta.

"Me dijiste que a los amigos no se les pega".

14.

Mamá era una pacifista que medía 4'11. Retomó lo de la no violencia, un tal Gandhi y los amiguitos. Entonces me enseñó a boxear.

Pobre Scott, nunca más perdí una pelea.

1970 – 1975
Puerto Rico

15.

Nos mudamos de regreso a PR. Vivíamos con otra gente en casas que no eran la nuestra. Mi tía Ana era la más amorosa. Su esposo y tres hijos se llamaban todos Héctor.

16.

Cuando mi tía llamaba a su esposo o a uno de sus tres hijos, de alguna manera, ellos sabían a cuál Héctor se refería: Héctor, Héctor, Héctor, Héctor.

¡Mágico!

17.

El mayor de los Héctor dejaba agua en el congelador para tomársela con escarcha. Fantasmas tomaban sorbos de su agua hasta que un día le echó mucha sal al vaso.

¡Manga'o!

18.

Pudimos mudarnos a nuestra propia casa. No tenía portones ni rejas. Vacas se paseaban por nuestro patio. Había un inmenso río y mucho terreno a dos cuadras de la casa.

19.

Durante una semana de lluvias, el río pasó corriendo frente a la entrada de nuestra puerta. Botes de motor navegaban frente a la casa. Mi vecino Pedro me cargó en sus hombros.

20.

"A los cinco años interrumpí mi educación para ir a la escuela", dijo el gran Gabriel García Márquez. Con pocas excepciones, estoy de acuerdo con él.

21.

Fui al kindergarten. Mi maestra se llamaba Sra. Colón.
Tenía el pelo rizado y ruidoso y vestía faldas holgadas
y libres. Algunos la llamaban *hippie*. Era estupenda.

22.

No recuerdo a papá antes de los 6 o 7 años. Recuerdo a un hombre alto que entró a casa. Había llegado de Alemania. Lo miré como diciendo ¿quién eres?

No era de mi agrado.

23.

Un día camino a la escuela me topé con un pajarito muerto sobre la acera.

Había oído de milagros. Me arrodillé, toqué al pájaro y dije: en el nombre de Dios vuela.

Nada.

24.

Conocí a mis dos mejores amigos, Emilio y Pito, cuyo nombre verdadero era Manuel de Jesús Rosario Rosario – como un santo. Emilio es 11 años mayor que yo y Pito 9.

25.

Emilio es blanco y tiene ojos verdes. Pito era negro y
tenía la sonrisa más hermosa.

De todo lo que sé, aprendí la mitad de ellos y la otra
mitad de mamá.

26.

Conocí a mi segunda madre, Mercedes. Ella era la mamá de Pito y solía dormirme en una mecedora. Siempre estaba alegre y cocinaba el mejor pollo frito del mundo.

27.

No recuerdo mi casa por dentro. Siempre estaba afuera jugando pelota, baloncesto, boxeando, a las escondidas.

Muchas tardes subía a un inmenso árbol para estar solo.

28.

Papá era saxofonista y estaba... digamos… ausente.

29.

Después de un juego de pelota, papá dijo tenerme una sorpresa.

Bajamos al camerino. Un hombre desnudo y mucho más grande que papá caminó hacia mí.

Era Roberto Clemente.

30.

Papá era muy bueno llevándome a eventos interesantes: B.B. King, la ópera, Lew Alcindor antes de ser Kareem Abdul-Jabbar y, el más grandioso, Muhammad Ali.

31.

Papá tenía cantidad de discos, muchos con gente fumando.

Toqué uno con un pájaro de fuego en la portada. Extraño, arriba y abajo como una montaña rusa. Me gustó mucho.

32.

Los niños de mi generación, algunos careciendo de figuras paternales, venerábamos en el siguiente orden:

Dios
Jesús
la Virgen María
nuestra madre
y Bruce Lee.

33.

Nunca entendí por qué a Jesús lo dejaron en la cruz después de su resurrección.

34.

Le pregunté a un cura si mi amigo Moshe iría al cielo después de morir. Era un niño bueno y respetuoso que amaba a sus padres. Después de 15 min de bla bla, el cura dijo que no.

35.

Mi primera borrachera fue en el cumple de Frances.
Un chico se robó una botella de Tanqueray y nos
escondimos así bien *cool*. *Ni batido ni revuelto* volví a
beber ginebra.

36.

Frances es la única persona con quien he perdido una pelea... con una NENA. Era mi vecina y dos años mayor que yo. Gracias a Dios nadie nos vio pelear.

37.

No recuerdo su nombre, la hija de un amigo de papá.
Tenía la edad de Yvonne, 7 años más que yo. Se
desnudaba en la cama para dormir conmigo. Recuerdo
su cara y su cuerpo.

38.

Años más tarde descubrí que a eso le llaman abuso sexual. Pero, yo no me sentí abusado. Y entonces hubo otros incidentes…

39.

Emilio tenía experiencia. Nos enseñó a Pito y a mí lo que debíamos saber para dar placer a una mujer. Nunca les conté de la hija del amigo de papá... o los otros incidentes.

40.

Emilio me habló de una mujer que le gustaba pero no podía ser su novia, había estado con 3 hombres. Pero, tú has estado con 10 mujeres, le recordé.

No es lo mismo, dijo él.

41.

Mamá y mis hermanas leían Cosmopolitan. Tenían muchas amigas solteras. Hablaban entre sí mientras yo pretendía no escucharlas.

(Secretamente) también leía Cosmo.

42.

Me di cuenta de dos versiones muy distintas de un mismo acto:

lo que significaba para un hombre enviar flores
- y -
lo que significaba para una mujer recibirlas.

43.

Mi primer trabajo fue vendiendo huevos.

Les dije a mis clientes que estos eran huevos locales marrones, más nutritivos que los blancos. Un genio de mercadeo.

44.

Años más tarde comprendí la genialidad de mi mercadeo: quién puede decirle "no" a un niño de 9 años cargando un cartón con 30 huevos de casa en casa.

45.

Mi segundo trabajo fue repartiendo *El Imparcial*. Hay un *no sé qué* de los periódicos impresos que siempre he amado.

46.

Papá entró a mi cuarto sollozando la mañana de Año Nuevo, 1973. Roberto está muerto, me dijo. Clemente se estrelló en un avión con suministros rumbo a Nicaragua.

47.

Papá y yo fuimos a la playa cercana donde el avión se había estrellado. Pasamos horas mirando al horizonte… ojalá un delfín lo rescatara.

Uno de mis dioses había muerto.

48.

Los domingos solíamos ir al cine del Fuerte Buchanan. Nunca sabíamos de antemano qué estaba en cartelera: Love Story, El Padrino y Jaws, entre otros.

49.

Nunca fui al psicólogo. Debí haber ido. Mi terapista de por vida ha sido el cine: desde malísimos filmes de Kung Fu hasta Dr. Zhivago, Cinema Paradiso y Departures.

50.

Me encantaba ver *The Tonight Show* con Johnny Carson, el papazote de los programas nocturnos. Él hacía reír a millones justo antes de dormir.

Te extraño Johnny Carson.

51.

Me encanta la comedia, Hackett, Wright, pero en especial los comediantes negros, Pryor, Murphy, Rock, Chappelle... entiendo por qué se ríen de sus desgracias.

52.

A ningún niño le gusta escuchar a sus padres pelear.
Los míos lo hacían a la misma hora; tarde en la noche
o temprano en la mañana.

A veces deseaba que él se fuera.

53.

Un domingo en la tarde papá estaba recostado en su silla Lazy Boy. Mamá se le acercó para acariciarle la frente. Él la rechazo.

Poco después, papá se fue para siempre.

54.

Mamá no volvió a cocinar jamás.

Fumaba una cajetilla al día, trabajaba 12 horas y en las noches se sentaba en su sillón en la esquina de su cuarto a leer.

Leía y fumaba.

55.

Nunca hubo otro hombre en su vida. Admiraba a pocos a distancia: su gurú de control mental, Omar Sharif, Tom Jones, Carl Sagan y pensaba que Al Haig era guapo.

56.

Mamá me enseñó todo lo que no había aprendido de Emilio, Pito o en la escuela: Krishnamurti, metafísica, Jung, La Regla de Oro, yoga y la importancia de respirar.

57.

La Sra. Sánchez, mi maestra de español de 5to grado, me enseñó inolvidables cuentos cortos: *Laotze*, *El emperador no tiene ropa* y *Una milla a la vez*.

58.

...Dos niños en una yola son arrastrados por un río y terminan a 100 millas de su casa.

Jamás veremos a mamá, dijo uno.

Sí, lo haremos, una milla a la vez, contestó el otro.

59.

A los 10 años trabajé para el Sr. Rieckehoff en una carnicería fina, los sábados de 8 a 6 por un salario y propinas. Era el portero, empacador de compras y limpia ventanas.

60.

El Sr. Rieckehoff ha sido el hombre más trabajador que he conocido. Me apodó *Monaguillo* porque de alguna manera me habían despedido como uno de la iglesia.

61.

Trabajé 2 años para él. Lloré cuando le dije que renunciaba para ir a jugar baloncesto con un equipo local.

Su hija Nancy también lloró.

Él sonrió y se le aguaron los ojos.

62.

La primera y única vez que mamá vino a verme jugar anoté 49 puntos. Dejó el juego en el intermedio porque otros nenes me empujaban.

Hubiera querido que me viera más.

63.

Se apodaba Cusa. Era rubia y de ojos verdes. Estaba sentada sobre la mesa de la cocina y yo nerviosísimo.

A los 12, mi primer beso, suave, de mariposa y electrizante.

64.

Palpitaba mi cuerpo excitado… 38 años más tarde, ese primer, único, puro, inocente amoroso y vibrante beso entre un chico y su chica permanece… electrizante.

1976 – 1980
Años gitanos

65.

Hubris de un joven que se creía hombre. Crecí demasiado rápido. No jugué con GI Joe ni carros Tonka. Podía enfrentarme a cualquiera y a cualquier cosa.

66.

La Srta. Vega, una *hippie* que enseñaba inglés de 7to
era extraordinaria. Leímos *El Principito* y *Juan Salvador
Gaviota*. Me enamoré de la literatura.

67.

A temprana edad adquirí un gran respeto por el lenguaje. ¿Por qué la gente decía: *es un negrito inteligente* o *una mujer fuerte*, o *esa gente*?

68.

El deporte es un gran maestro de ética y trabajo en equipo. Le dimos una paliza a un chico del vecindario por haber abusado de un niño de otro pueblo que era más chiquito.

69.

A veces, luego de un largo día de juegos, nos reuníamos frente a la casa de Emilio a beber vino y debatir sobre el mundo como intelectuales.

Bebíamos Manischewitz.

70.

A los 13, Mickey y yo fuimos seleccionados para jugar con el equipo nacional de baloncesto Biddy. Éramos los únicos oscuritos y los únicos pobres.

71.

De vez en cuando papá se presentaba a mis prácticas.
Parecía tener muchas secretarias porque cada vez
llegaba con una distinta.

Quizás estaba orgulloso.

72.

Jugamos en Lyndhurst College en NJ. Papá viajó con nosotros.

Jugamos contra Kansas. Todos eran negros, de "13" años, con voz profunda, músculos y pelos en la cara.

73.

No éramos inocentes. La mucama entró a nuestro cuarto diciendo que era nuestra "mama". Le preguntamos si sabía español. Dijo que no.

"¿Mama aquí?"

Síííí, dijo ella.

74.

Dimos un tour por la ciudad de NY. Papá se excusó pues tenía otros negocios que atender. Paramos en una disquera y compré mi primer álbum: Barry White. Me encantó NYC.

75.

De regreso en el bus pasamos la calle 42. Jaime se paró señalando y gritando: ahí está el papá de Stefan.

El equipo entero se puso de pie gritando:
¡EL PAPÁ DE STEFAN!

76.

En PR, recuerdo los bailes formales en La Colonia, El Caparra y Casa de España. Tenía uno que vestirse elegante y pedir permiso a los padres antes de bailar con una chica.

77.

El bolero era glorioso.

Sujetar su mano sobre tu pecho… y robarle un beso de piquito antes de que terminara la noche significaba que estabas comprometido a casarte.

78.

Mr. Castro, el maestro de matemáticas, nunca, nunca daba una F en su clase. La vida te dará la F, no yo, solía decir. En aquel entonces, nos reíamos de él.

79.

A los 14 fui el jugador más valioso y mejor anotador de La Salle. Ganamos el campeonato. Pero al final de 9no me botaron de la escuela por ser "demasiado rebelde".

80.

Me ofrecieron 3 becas, una en la American Military Academy. Tenía el cabello largo debajo de los hombros. Vi un enano imbécil gritarle órdenes a un cadete.

No era lo mío.

81.

Después de varias metidas de pata, acabé en la escuela pública. Era un zoológico, un retén para jóvenes. No aprendí nada y me volví un playerito que leía la revista Time.

82.

El jugador estrella de baloncesto, maestro de baile y el tipo súper *cool* se estrelló contra sí mismo. A los 15 abandoné la escuela en el segundo semestre de 10mo grado.

83.

Hay una guerra contra las drogas… pero estos días el 40% de los estudiantes de escuela pública en PR se vuelven desertores – 4 de cada 10 no terminan la escuela superior.

84.

Noté que tenía dos tipos de amistades: los que soñaban con un trabajo en el gobierno y los que soñaban con hacer algo en grande en otro país.

85.

Entonces llegó *Saturday Night Fever.*

Todo cambió.

¿Cómo te llamabas? A eso se reducía una conversación, al final de la noche o varios días después.

86.

Dos meses antes de mis 16, regresé a NYC para quedarme con mi hermana Yvette. NYC era salvaje en 1978, sin SIDA y una pastilla prevenía embarazos.

¡Libertinaje!

87.

Mi padre me enseñó varios fundamentos: nunca se habla de una amante, NUNCA. Puedo decir que no fueron muchas, pero sí bellas y extraordinarias.

88.

Un tío homosexual me llevó a *The Ice Palace*, la barra gay más grande del mundo. Había 4 mujeres, dos besándose. Terminé la noche con una de las otras 2.

89.

Era hermosa a sus 21, con tatuajes y una cicatriz en su labio. Luego de 3 noches de baile, salimos un domingo en la tarde. Me condujo a las afueras de NY a ver las montañas.

90.

Paramos en una cafetería y le pregunté: Astrid, ¿qué vas a comer?

¿Astrid? ¡Mi nombre no es Astrid!, dijo ella.

Ea diantre, ¿y ahora cómo vuelvo a la ciudad?

91.

"Astrid" me perdonó y me llevó a su casa en Noche Buena. Sentado a la cabeza de una larga mesa de 12 personas, su papá al otro extremo me miraba fijamente sin hablar.

92.

Salimos de la casa. Lloró y dijo: papá pidió que no volviera a traer a un negro a la casa.

Me reí de la ironía de celebrar a Jesús, un judío de piel oscura, pelo largo y rizo.

93.

Un tipo malo me dijo que me iba a presentar a un tipo bien malo, que tuviese cuidado y me mantuviera callado. El tipo malo le dijo al tipo bien malo que yo era *cool*. ¡OK!

94.

El tipo bien malo habló:

The dude was bad. We made a killing. You dig?[1]

¡Ay mamá! Me puse pálido pensando en NJ con una pala en las manos.

---

[1] Más tarde el tipo malo tradujo lo que el tipo bien malo había dicho: *The dude was bad* (el tipo blanco era cool), *we made a killing* (hicimos mucho dinero), *you dig?* (¿Entiendes?).

95.

El tipo malo y el tipo bien malo me ofrecieron ser mula de coca entre NYC y PR. Pensé en mamá, MLK y Gandhi. Di un paso atrás. Contesté: No gracias, por ahora no.

96.

Años después al tipo bien malo lo mataron y el tipo malo pasó 24 años en la cárcel. A mi amigo Willie le dispararon 42 veces y a Mickey lo sentenciaron 15 años en Kansas.

97.

A mi padre lo agarraron en un avión desde Colombia y pasó 8 años de cárcel. Papá y mis hermanas fueron adictos. Los tres pudieron limpiarse y vivieron vidas productivas.

98.

De regreso a PR trabajé en conciertos de rock y en lo
que fuera. Me gustaba leer y conseguí un trabajo en el
San Juan Star. Me enamoré del periodismo.

99.

Mamá me pidió que fuera a la universidad y me convirtiera en el primero de la familia en graduarme. Ella nunca me pedía nada. Tenía que hacerlo por ella.

100.

Me arrepiento de poco, quizás 4 cosas. Me arrepiento de no haber ido a una buena escuela; maximizar el cerebro y las oportunidades que solo llegan con el conocimiento.

101.

También me arrepiento de no haber continuado en deportes. Me arrepiento no haber viajado más, especialmente a París.

Me arrepiento de no haberme casado con Viviam.

1981 – 1987
Sagrado Corazón

102.

La Universidad del Sagrado Corazón (USC) se encuentra sobre una loma con vista al Atlántico. Enfatizan el valor de la libertad y de cambio en la sociedad.

103.

Conocí a un jesuita del Perú dando una conferencia de política y religión. Resumió como debemos de vivir con una máxima: acción sobre la reflexión.

104.

Un excéntrico profesor de inglés me presentó a Poe,
Camus y Steinbeck, y una hermosa profesora de
español a Pedro Páramo, el cheche de la literatura
hispanoamericana.

105.

Por 4 años tomé 4 buses al trabajo, universidad y de
regreso a casa – desde las 8 am hasta las 11 pm.
Todavía miro las paradas de buses y a la gente
esperando llegar a sus casas.

106.

Vestía un traje de primavera de algodón blanco con la espalda descubierta. Noté los contornos de su cuerpo y cómo movía la nariz al reírse.

Hermosísima Viviam, con M.

107.

Manejando hacia el Viejo San Juan, le dije a Viviam:
tienes que romper con tu novio porque yo voy a ser tu
novio y esta noche voy a visitarte a tu casa a las 7:30.

108.

Viviam dijo: No puedo hacer eso. Además, mi papá es un coronel muy estricto. Le respondí: Asegúrate de romper con ese otro chico, estaré en tu casa esta noche a las 7:30.

109.

Viviam y yo pasamos los 3 años más felices de nuestras vidas. Estudiamos, festejamos y nos reíamos mucho juntos.

Fuimos una pareja de… hermosos besos.

110.

Viviam quería que estudiara leyes, como ella, y me convirtiera en un juez en la isla. Pero yo necesitaba ver el mundo y me fui de PR a estudiar a Washington, DC.

111.

Cinco años más tarde se casó con un abogado. Tuvo una hermosa hija, Ali. Lloré en ambas fechas; ella debió haber sido mi esposa y Ali debió haber sido mi hija.

1988 – 2000
Georgetown, Toffler y el .Com

112.

Manejaba por DC en la tarde de un sábado en abril. Paré de cantazo frente a La Casa Blanca y la gente me tocaba bocina. ¡Esperen, coño, que ahí vive Ronald Reagan!

113.

Una mañana de otoño me fui a andar en Georgetown.
Hojas amarillas naranjas caían de los árboles. Al final
de la calle había un sabio edificio Barroco.

Quiero vivir esto.

114.

Descubrí una tarjeta Discover con mi nombre en el buzón. Entonces llegó una Visa y ¡atención, atención!... una American Express Gold. Era RICO o así pensaba entonces.

115.

Trabajé en el congreso de EE.UU., empresas sin fines de lucro y privadas, la mayoría desarrollando software. Era la época de la burbuja del DotCom. Fue muy divertido.

116.

Cené con Alvin Toffler 2 noches corridas. Qué hombre más fascinante. Mamá lo adoraba desde los 70 cuando había escrito *Future Shock*.

El hizo más preguntas que yo.

117.

Mi mentor fue David Mark Rosenbaum, un multimillonario con un Volvo de 15 años. Es, quizás, el hombre peor vestido que he conocido. David tiene una hermosa familia.

118.

David me llamó a una entrevista como traductor de un software multilingüe. Seis horas más tarde fui nombrado el nuevo vicepresidente de ventas y mercadeo.

119.

Conocí a GHW Bush, Bill Clinton, Lech Walesa y muchos otros... me mantuve de pie en una fila por 4 horas esperando al recientemente liberado Nelson Mandela.

120.

Amé a Georgetown, a Virginia y la gente que venían de todos lados del mundo; las conversaciones, Great Falls y el cambio de temporadas. Les extraño inmensamente.

2001 – 2012
Ansiedad y ataques de pánico

121.

Mamá llamó al atardecer de un domingo en mayo. Se iba a someter a una cirugía complicada cerca de la aorta.

El viento en su voz susurraba daño inminente.

122.

Yo vivía en un piso 20 encima de un hotel con vista a 3 estados. Estaba de pie frente a la ventana de mi cuarto cuando colgué con mamá.

Mi vida terminó en ese momento.

123.

Comencé a llorar. Yvonne Marie, quien entonces vivía conmigo, me abrazó fuertemente. Sollozando le dije: no tengo razón de vivir si mamá no está.

124.

Cambié de trabajo y comencé a viajar entre DC y la isla. Yvonne también se mudó a PR para ayudar con mamá. Papá dio cara y extendió la mano.

125.

El 22 de junio, un día después de su operación, mamá tuvo un derrame cerebral severo y quedó parcialmente inmóvil por 13 meses. Sufría mucho dolor y moría lentamente.

126.

Encontramos una buena enfermera para mamá. Yvette tenía un fuerte dolor de espalda y se tomó demasiadas pastillas para su triste corazón. Tenía tres hermosos niños.

127.

Pasaba los días y las noches entre el trabajo, el cuido y hospitales. Sabía que mamá no quería seguir viviendo.

Ya no leía y no quería que nadie le leyera.

128.

Estaba en mi carro frente a un Walgreens esperando que una fuerte lluvia pasara. No podía respirar, moverme o hablar, aterrorizado en un completo estado de pánico.

129.

¿Cómo se dice adiós a la persona más amaba...? No sé cómo, nunca supe, no lo hice, no podía. Todavía no puedo.

Mi amada Odette murió el 8 de julio.

130.

Padre Celestial
de todos los pecados del mundo
solo he pecado de uno…

y continúo pecando…

Amé a mi madre sobre todas las cosas.

131.

Tenía una reunión en el Pentágono el 9/11. La esposa del Col. Wright se enfermó la noche anterior. A las 7:30 am me llamaron, se había pospuesto la reunión.

132.

La noche del 9/11 fui al hospital a visitar a Yvonne
Marie. Fue valiente y me dijo que tenía cáncer
terminal. Perdió 80 libras en 8 meses. Pidió morir en
casa de mi tía Ana.

133.

Una mujer bondadosa me visitó desde Maryland.
¿Qué quieres hacer con tu vida?, me preguntó.

Siempre quise ser escritor, contesté.

134.

Gasté todos mis ahorros. Es más difícil ser pobre luego de tener algo de dinero (y no ser humilde). La vida de un escritor… qué remedio.

135.

A sus 78 años, papá fue a un té danzante y se encontró con un viejo amor unos años más joven que él. Jamás lo he visto tan feliz.

136.

Yo también recibí una llamada de un viejo amor. Viviam se divorció. Su amorosa hija Ali le dijo que yo nunca me había casado esperando por ella. Puede que tenga razón.

2013
Los 50

137.

Cumplí 50 en enero. Mirando al pasado me sentí insatisfecho. Algunos de mis amigos son senadores, presidentes de esto o aquello. Otros se casaron con mujeres ricas.

138.

Otros amigos han muerto, asesinados o en la cárcel. La mayoría están divorciados, algunos de vuelta con sus padres.

No sé cuántos son verdaderamente felices.

139.

Mi madre me amó. Fui un buen hijo y hermano. No tuve mucho éxito con mis sobrinos: uno es padre y está contento y prosperó, otro está perdido, otro fue asesinado.

140.

¿Y ahora qué?

Tengo duda de todo. Mi *hubris* golpeado y cansado.
Me hace falta aquel que una vez fui.

Al menos Viviam está en mi vida y aún nos falta
visitar a París…

ÍNDICE

CPSIA information can be obtained
at www.ICGtesting.com
Printed in the USA
FSOW01n0930200716
22949FS

9 781495 263743